Petit Ours Brun
et l'album photo

Illustrations de Danièle Bour

bayard jeunesse

Petit Ours Brun
prend son album photo
pour regarder
toutes ses photos.

Petit Ours Brun
s'installe par terre
pour poser son album
sur ses genoux.

Petit Ours Brun
regarde les photos
une par une.
Il reconnaît tout le monde.

Petit Ours Brun dit :
– Là, c'est mon papa,
il a un vélo,
une casquette
et des lunettes.

Petit Ours Brun dit :
– Là, c'est ma maman,
elle regarde par la fenêtre.
Coucou, Maman !

Puis, il dit encore :
– Elle, c'est ma cousine !
C'est Petite Ourse Rousse !
Allez, souffle !

Et quand il voit
une photo de lui,
il est ravi, il dit :
– Ah, c'est moi
quand j'étais petit !

Petit Ours Brun est un héros
des magazines *Popi* et *Pomme d'Api*.
Les illustrations ont été réalisées par Danièle Bour.
Le texte de cet album a été écrit par Marie Aubinais.

Retrouve ton héros préféré sur www.petitoursbrun.com

ISBN : 978-2-7470-3327-5
Dépôt légal : mai 2010
Loi 49-956 du 16 juillet 1949 sur les publications destinées à la jeunesse

Imprimé en Italie